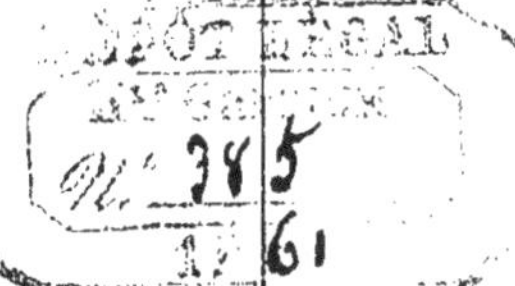

LE SONGE ET LE RÉVEIL

DU MUSULMAN.

POÈME EN TROIS CHANTS

Distingué au Concours de l'année 1861.

PAR

Mlle Eulalie AMIGUES.

TOULOUSE,

IMPRIMERIE TROYES OUVRIERS RÉUNIS,
RUE SAINT-PANTALÉON, 5.

1861.

LE SONGE ET LE RÉVEIL

DU MUSULMAN.

POÈME EN TROIS CHANTS.

Distingué au Concours de l'année 1861.

PAR

Mlle Eulalie AMIGUES.

TOULOUSE,

IMPRIMERIE TROYES OUVRIERS RÉUNIS,
RUE SAINT-PANTALÉON, 3.

1861.

PROLOGUE.

Tout le monde connaît l'histoire de l'émir Abd-el-Kader,
fils de Mahi-Edin. On sait qu'il descend de Mahomet par
les femmes. Doué du plus grand génie, il a rempli l'Eu-
rope et l'Afrique de son nom. Il se mit à la tête des
Arabes contre les Français, pour défendre la religion
et la nationalité musulmanes. En Algérie, on le voyait
partout et on ne le trouvait nulle part. Vêtu d'un bur-
nous blanc et monté sur un cheval noir, il harcelait con-
tinuellement nos troupes ; battu sur un point, il repa-
raissait sur un autre ; s'enfonçait dans le désert et reve-
nait à la charge avec une armée nouvelle. Sa vie était
rude et pénitente, sa réputation de sainteté grande parmi
ses coreligionnaires. Pendant la guerre, on ne l'a jamais
vu rire, il priait sans cesse, mangeait une poignée de
millet, buvait à la fontaine, dormait à cru sur son coursier. Il fut vaincu cependant une dernière fois : depuis,
il a su ce que c'est que l'exil, noble exil, puisqu'il a
pu encore donner des preuves de son héroïque dévouement
et de la générosité de son âme.

L'émir Abd-el-Kader joue le principal rôle dans la pièce
suivante, divisée en trois Chants. — Dans le premier
Chant, l'émir rêve qu'il est transporté dans une magnifique mosquée et de là au Paradis, où il voit Mahomet.

— Dans le second Chant Mahomet lui parle et finit en lui disant de sacrifier sa fille, qui veut embrasser la religion du Christ. — Le troisième Chant est l'entrevue de la fille et du père : celui-ci cède aux prières de Zuméla, sa fille, et consent à ce qu'elle soit chrétienne.

La jeune Musulmane étant à Constantinople, pendant notre guerre de Crimée, avait été profondément émue des soins affectueux que nos bonnes Sœurs de la Charité prodiguaient à toutes les douleurs. Depuis cette époque, elle nourrissait dans son cœur l'espoir de sacrifier sa vie pour soulager l'humanité souffrante ; cet espoir, elle l'a réalisé et les feuilles de 1860 disaient que la jeune Musulmane, devenue chrétienne, faisait partie de la congrégation des pieuses filles de Saint-Vincent.

LE SONGE ET LE RÉVEIL DU MUSULMAN.

POÈME.

CHANT PREMIER.

Le Songe.

Le voile du mystère accompagne mes pas (1)...
Tout est silencieux... sous les murs de Damas.
La nature s'endort et la nuit est venue.....
Du haut des minarets quelle voix inconnue,
Dans la kaaba (2) sainte appelle le croyant?...
Je regarde et je vois un acier flamboyant
Qu'un invisible bras agite sur ma tête.....
Serait-ce Mahomet?... Serait-ce le prophète?

(1) Voir les notes à la fin de la 1re pièce.

Et je lus au fronton : Homme issu de Jectan (3) ,
Viens prier en ces lieux... Tout noble et fier sultan .
Doit ici s'incliner... Malheur , mort à l'impie ,
Qui , des bords de l'Euphrate ou de l'Ethyopie ,
Des plaines de Nedjed (4) , ou du sacré Delta ,
N'entend point mon appel!... Sous ce dôme éclata ,
Comme au mont d'Isaac (5) , ma gloire et ma puissance ;
Courbe ton front , je suis la paix , la délivrance.

Abraham ! m'écriai-je , oh ! grand législateur ,
La foi, d'un peuple entier te fit générateur ;
Pour ces antiques murs , cette auguste barrière ,
Ta main , saint Patriarche , y déposa la pierre (6).
Pasteur de la Chaldée , élu par l'Infini ,
Tu fus notre seigneur..... Sois loué , sois béni !
Que le croissant s'abaisse et que tout un empire
Accepte les destins que tu voulus prédire !

Tremblant, je m'avançai jusqu'au sacré Mihrab (7).....
La brillante Alaska (8), le palais de Zéhrab,
Qu'Abderrahman (9), le maure, au fond de la Bétique,
Orna de chapiteaux, d'un colossal portique,
Aux beautés que je vois ne peut se comparer.
D'ineffables parfums m'y viennent enivrer,
Et les sons les plus doux et la brise qui passe
Jettent mon œil perdu dans le sein de l'espace...

De ce vaste bassin, le jet rafraîchissant,
Et s'élève, et retombe en flot rejaillissant.
J'y vois les cygnes d'or et les conques nacrées
Pour les ablutions... pour Allah (10) consacrées.
Plus loin le cinnamome (11) et l'ambre, et l'aloës,
Le jaspe et le cristal... l'ombre d'Averroës (12),
Le Platon de Cordoue, au regard froid, austère,
Me suit en ce dédale et répète : mystère !

Dans la belle mosquée , à ce lugubre aspect ,
Je me sens pénétré de crainte et de respect.
Mon cœur , mon cœur s'émeut , il bondit , il palpite ,
Mon âme , en son foyer , se replie et s'agite...
Tout s'échappe et s'enfuit , l'horizon est en feu ,
De mes sens étonnés , serait-ce donc un jeu ?...
Vois-je de Bersabé (13) les vapeurs fugitives ,
Mirage du désert !... immensités sans rives...

Vois-je l'eau du miracle ou le puits de Zemzem (14) ,
Les vallons du Taurus , les coteaux de Sichem ?
Dans les contours nombreux de Memphys ou de Crète ,
Quel suprême génie et s'engage et se prête
A me donner sa main ?... Oh ! champs de Sennaar ,
Vous fuyez... vous fuyez... Dans les jardins d'Omar (15) ,
D'Ali , de Fatima , je sens que je respire ;
Je fléchis et le son sur mes lèvres expire . . . .

Volez autour de moi, nymphes du Paradis,
Célestes habitants, ravissantes houris ;
Anges, aux yeux rêveurs, aux chevelures blondes,
Volez, volez encor…. Ruisseaux, roulez vos ondes,
Les perles de vos flots, par leur douce fraîcheur,
Conservent, font éclore et l'ovaire et la fleur ;
Vous rendez toujours verts les bosquets d'hyacinthe,
L'élégant catalpa, le thym, le térébinthe.

Gazons, tapis moëlleux, odorants citronniers,
Sycomores, nopals, grands arbres, beaux palmiers,
Recourbez vers le sol votre flexible tige,
Distillez vos doux sucs… pour vous, tout est prodige,
Jamais le samiel (16) ne viendra vous briser.
Et les tendres zéphyrs, pour vous fertiliser,
Répandront sur vos fruits, vos grappes suspendues,
Les émanations dans les airs répandues.

Mais j'entends une voix... Elle redit mon nom...

Les échos des forêts, les échos du vallon,

Le répètent encore à ces bords, à ces rives.

Tout s'émeut et se tait... Les sources attentives,

Suspendant aussitôt leurs sinueux contours,

Remontent vers le roc où commence leur cours,

Et, surpris dans ses chants, le bengali timide

Sous les rameaux touffus, s'enfuit d'un vol rapide.

Le front ceint d'un croissant, fait d'un triple rubis,

Par un rayon divin, par la gloire ennoblis,

Je reconnais les traits du chef de l'Islamisme (17),

Du vainqueur des Corzha (18), peuple dont l'héroïsme,

A cédé devant lui... Le brocart brodé d'or,

Tout ce que l'Orient posséda de trésor,

Sous sa main, sur sa tête, à ses pieds se déploie,

Et l'esclave attentif à le servir s'emploie.

CHANT II.

Mahomet.

Fils de Mahi-Edin (19)... je naquis d'Abdallah (20),
Dès ma première aurore élevé par Allah
Jusques aux régions où plane sa puissance.
De ses préceptes saints j'eus d'abord connaissance ;
Il envoya vers moi Hisraful (21), Gabriel,
Céleste messager, ainsi qu'Azariel,
Sur les flancs du Borax (22), je traversai les nues,
Et je vis des sept cieux les beautés inconnues.

Approche... approche encore , écoute , Musulman ;
Mon nom , plus révéré que celui de l'Iman ,
Fit tressaillir d'effroi le cruel Coreïchite ,
Race barbare , impie , exécrable et maudite.
Le nid d'une colombe , aux grottes du mont Thour (23) ,
Me sauva de ses mains et me rendit le jour.
J'arrêtai le géant (24) , par un mot, par un geste ,
Et l'astre de la nuit en sa voûte céleste.

Du superbe palais , construit à Ctésiphond ,
Je renversai les tours... Dans l'abîme profond
Qui s'ouvrit à leur base on les vit englouties ,
Et le grand Cosroës (26) , qui les avait bâties ,
Sentant sous ses genoux , le trône s'ébranler ,
Vit tomber sa couronne et la terre trembler...
Et ce fut vainement que , pour tous ses présages ,
Il chercha des devins , des mythes ou des mages.

Croyant, t'en souvient-il, lorsque près Médina,
Ma ville de refuge, et non loin du Sina,
Je frappai le rocher? Trois vives étincelles
Jaillirent aussitôt aux regards des rebelles;
Je leur montrai soumis, les peuples d'Orient,
D'Yémen (27), de Syrie, ainsi que d'Occident;
Et dans ses noirs pensers le Moubed de la Perse
Vit le flot destructeur qui ravage et disperse.

Le Musulman.

Celui qui sous ton joug s'abaisse et se soumet,
Participe à ta gloire, immortel Mahomet.
J'adore tes décrets, j'adore ta croyance,
Et les feuillets sacrés (28) où je trouve l'essence
De tes mâles accents, de tes vœux, de ta foi;
Mais, qui te fait descendre aujourd'hui jusqu'à moi?...
Serait-ce pour redire une sainte nouvelle,
Qu'à mes yeux éblouis ta grandeur se révèle?

Le Prophète.

Arabe, je préside aux grands événements
Et gouverne à mon gré les mers, les éléments.
Au sein des voluptés de ma béatitude,
Je tiens entre mes mains la mort, la servitude...
Redoute l'anathème... et le foudre vengeur,
L'ennemi s'est levé... Veux-tu qu'il soit vainqueur?...
Dans ton propre palais, il grandit, il conspire,
Il est encore temps de frapper, de maudire.

Le Musulman.

— Mahomet, quels tourments ne devrait point subir
Celui qui, dans mes murs oserait te trahir!...
Parle... Je ne crains pas, j'écoute ton oracle;
Parle... J'obéirai, je briserai l'obstacle.
Ton aspect me remplit du plus fougueux transport :
Ordonne, par l'Islam, par toi, je serai fort...
Mais... Ton œil aurait-il découvert tant d'audace ?
Verrais-tu d'Osmanlis (29) dégénérer la race ?...

Le Prophète.

— Raffermis le courage en ton cœur abattu.

Non, non, ne doute pas... Après moi, qui crains-tu ?

. . . .

Hosaïr (30), parcourant les bourgs de Palestine,

D'Hyérosolima (31) contempla la ruine :

Ville, s'écria-t-il, ton nom est dans l'oubli,

Jamais les descendants d'Azer, de Nephtali,

Ne te reconstruiront... Pourraient-ils entreprendre

De relever tes murs, de fouiller dans ta cendre?...

Cet homme blasphéma... (32), mais pour le châtier,

Pendant tout un long siècle on le vit expier

A l'ombre du cyprès cette parole altière,

Et contraint de tomber son corps devint poussière.

. . . .

Entends ! l'heure a sonné... Rappelle tes ardeurs.

Exilé de l'Afrique, obéis, crois, ou meurs.

D'une femme, guerrier, serais-tu la victime,

Et voudrais-tu vivant descendre dans l'abîme ?...

L'enfer (33) est plus brûlant que les feux de l'été....

J'en appelle aujourd'hui rien qu'à ta liberté.

Réponds... il n'est plus temps de jeter en arrière

Des regards effrayés... Je le sens, tu fus père ;

Cependant sur les tiens, Arabe, j'ai voulu

Que tu fusses le chef et le maître absolu.

Plonge, plonge l'erreur dans une nuit profonde,

Avant que le soleil éclaire un autre monde

⊖

Dans Abd-el-Motaleb (34), mon aïeul vénéré,

Tu vois un noble cœur... Fut-il dénaturé ?...

Pour des vœux imprudents, faits devant les lévites ?

S'il chassait devant lui les camps madianites,

Je te montre Jephté, le juge d'Israël,

Pleurant sur un bûcher, près des murs de Béthel !...

. . . .

Ma vengeance est tombée au sein de ta famille,

Le traître, c'est ton sang !... Le traître, c'est ta fille !...

. . . .

CHANT III.

Le Réveil.

Sacrifier ma fille.... Oh! douce Zuméla!
Je ne suis point Jephté !... Tu n'es point Seïla !... (35)

. . . .

Mensonge... illusion... ma paupière se lève
Et suspend les frayeurs du plus terrible rêve...
Enfant chère à mon cœur, enfant de mon amour,
Joyau, perle si rare, ornement de ma cour,
Tu fus, d'entre les fleurs, la rose la plus belle,
De la chaste Zélis (36) un sublime modèle.

2

Je la vois !... Ce n'est point un fantôme cruel,
Zuméla... Zuméla... doux astre de mon ciel.

. . .   .

— Père, c'est de Sion que sort la loi parfaite,
Pour elle, auprès de vous, je me fais l'interprète.
Dans l'antique Bizance, où régna Constantin,
L'on m'a dit qu'Haïssa (37), sur les bords du Jourdain,
Reçut du précurseur l'eau sainte et salutaire,
Et se fit de l'Hébreu victime volontaire.

Qui pourrait l'égaler ?... Auprès de sa splendeur,
Le monarque, l'émir, voit déchoir sa grandeur.
A son nom tout frémit, à son nom tout s'incline,
Le cèdre de Bassan, les monts et les collines (38).
Les insectes du Nil, les abeilles d'Assur,
Se rendront à sa voix !... Il chassera l'impur.
Pour lui tout est néant, atôme, faible argile,
Il rompt la branche forte et le roseau fragile ;

Ecoutez sa parole, oh ! père tant aimé :
Comme le lin, dit-il, par le feu consumé,
S'exhale et disparaît : de même j'humilie
Et les fils de Rasin, et ceux de Romélie (39)...
Le chêne du Liban, le chêne d'Ephraïm (40),
Les moissons de Cabès, celles de Réphaïm
Tomberont sóus ma faux inflexible et tranchante,
En un jour de colère, en un jour de tourmente.

Et, tel que l'olivier depouillé de son fruit (41),
Tel que le saule vert par l'orage détruit,
Juda, dans un instant, vit s'enfuir la victoire,
Et l'exil et le deuil succéder à sa gloire.....
Il pleure sa patrie... et ses tristes kinnors,
Ses luths harmonieux, ne rendant plus d'accords,
Demeurent suspendus non loin de Babylone,
Qui le couvrit de fers et lui ravit le trône.

Père , je plains ce peuple et vous plains avec lui.

Souffrez que Zuméla vous demande aujourd'hui

De baiser vos genoux... Une autre voix l'appelle ,

Voudriez-vous toujours qu'elle fût infidèle ?...

Le divin Haïssa m'embrase de ses feux ,

Et la crainte et l'espoir , en flots tumultueux ,

Balancent mon désir et divisent mon âme !

Père ! comprendrez-vous ce que mon cœur réclame ?...

.   .   .   .

Le Musulman.

— La rafale des mers ; l'ouragan du Midi ,

L'aigle , qui prend l'essor d'un vol fier et hardi ,

Les traits sûrs , acérés de la flèche homicide ,

Dont s'armèrent jadis le Scythe et le Numide ,

Furent lents dans les airs ; près du coup meurtrier

Dont Zuméla m'accable !... Allah !... dois-je essuyer

Jusqu'au bout cette offense ? ou lever sur sa tête ,

Qui sous ma main se penche , une arme déjà prête !...

.   .   .   .

Non;... reste pour m'aimer , oh !... fille de Zélis ,

Tes suaves accents sont pour moi l'oasis

De l'aride désert... Tu le sais , la gazelle ,

Si timide et si tendre , en son œil ne recèle

Une plus douce amorce , un éclat plus voilé.

La liane, qui croît sous un ciel constellé ,

Ne se balance pas avec la même grâce

Que celle dont le pied ne laisse point de trace.

⊛

Tu ne me réponds plus?... enfant , je vois tes pleurs ,

Ah ! que ton long silence augmente mes malheurs.

. . . .

Pour toi l'on a filé la laine d'Hyrcanie,

Et la pourpre de Tyr... le tissu d'Arménie.

Joël , le noir coursier qui bondit à ta voix ,

Plus fougueux que celui dont Salomon fit choix (42) ,

T'emportait gracieuse et respirant à peine ,

Sur le bord des torrents .. dans la fertile plaine.

Enfant, si de l'hymen le flambeau radieux

Perçait ton cœur aimant d'un dard mystérieux,

C'est au jeune Alkendi (43), qui te veut pour épouse,

Que tu pourrais donner ton cœur, ta foi jalouse...

. . . .

Zuméla ! tu gémis... et ton père est vaincu !.....

Puissant Allah !... plains moi... Plains moi d'avoir vécu...

Ma superbe raison pâlit devant la sienne,

Va !... fille de mon cœur, je le veux... sois chrétienne !...

NOTES.

(1) C'est l'émir Abd-el-Kader qui parle, personne n'ignore qu'il habite à Damas.

(2) Abraham ayant reçu, disent les Arabes, la mission divine de bâtir à la Mecque un temple saint, quitta la Syrie pour obéir aux ordres de Dieu et descendit en Arabie où il fonda la kaaba, qui fut long-temps l'objet exclusif de la vénération des Arabes. Il fut aidé dans ses travaux par son fils Ismaël, né sur le territoire même de la Mecque.

(3) Jectan et Ismaël sont les souches des deux grandes races qui ont peuplé la péninsule arabique, l'une au midi, l'autre au nord. Ces races sont ordinairement désignées sous les noms de *Moutéarriba* et de *Moustariba*.

(4) Province au sud des déserts de Syrie, où se trouvait anciennement la ville d'Hedjer, composée de collines sablonneuses, où l'on voit des oasis.

(5) Ou l'Arafah, montagne peu éloignée de la Mecque, sur laquelle les pélerins Turcs pratiquaient diverses cérémonies, en mémoire du sacrifice qu'Abraham allait faire de son fils sur cette montagne. On nomme encore *Arafah*, en langue arabe, le neuvième jour du mois de Zoul-Idjed, qui est le douzième de l'année.

(6) La *Pierre-Noire*, qui fut portée à Abraham par l'ange Ga-

briel. Elle est renfermée dans la kaaba et au jour du jugement, elle rendra témoignage en faveur de ceux qui se seront prosternés devant elle. Tout croyant doit faire, au moins une fois dans sa vie, le saint pélerinage de la Mecque.

(7) On nomme *Mihrab*, le sanctuaire des mosquées.

(8) Mosquée de Jérusalem qui a 600 pieds de long sur 250 de large.

(9) Le Kalife Abderrahman III fit construire, sur les bords du Bétis (aujourd'hui Guadalquivir), son magnifique palais de Zéhrab, à quelques lieues de Cordoue. Il n'en reste aucune trace ; mais on en retrouve la description dans les vieux auteurs arabes · « Les voûtes du palais, disent-ils, étaient soutenues par quatre mille trois cents colonnes de marbres divers, élégamment sculptées ; les pavés étaient composés de carreaux de marbre de mille couleurs, disposés avec goût ; les murailles étaient lambrissées de la même manière, les planchers peints d'azur et d'or. Dans les grands appartements, des fontaines d'eau douce allaient se perdre au milieu de bassins d'albâtre et de jaspe de formes variées ; au salon du kalife, on voyait sortir du milieu de la fontaine, un cygne d'or sur la tête duquel était suspendue une grosse perle. Le cygne avait été fait à Constantinople, et la perle donnée par l'empereur Léon. Autour du palais s'étendaient de vastes jardins, au milieu desquels on avait construit un pavillon pour que le kalife pût se reposer au retour de la chasse ; au centre de ce pavillon, jaillissait une gerbe de mercure dans une conque de porphyre. »

(10) Allah ou Dieu.

(11) Le cinnamome est une substance aromatique produite par un arbrisseau qui croît dans le pays des Troglodites, voisin de l'Ethiopie, sur les bords de la Mer Rouge, et que quelques auteurs disent être la myrrhe. Dieu ordonna à Moïse de prendre du cinnamome et divers autres aromates et d'en composer une huile de parfum pour oindre le tabernacle avec ses vases (Exode xxx, 23). Pline dit que le prix du cinnamome était autrefois de mille deniers et qu'il avait augmenté de moitié par le dégât des Barbares qui en avaient brûlé tous les plants (Pline, livre III.)

(12) Averroës, docteur ou médecin arabe, très-hardi pour ses opinions religieuses, naquit à Cordoue vers le milieu du XIIe siècle.

(13) Bersabé, désert où s'égarèrent Agar et Ismaël, après qu'ils eurent été chassés des riches tentes d'Abraham.

(14) Zemzem ou Zemzena, source que l'Ange découvrit à Agar dans le désert de Bersabé.

(15) Les jardins d'Omar, d'Ali, de Fatima, sont pris ici pour le Paradis des Arabes, où ces trois personnages doivent être entrés les premiers, comme étant les parents et les prosélytes du prophète. Omar, beau-père de Mahomet, fut nommé kalife à la mort d'Abou-Bekr. Ali, ou le sublime fils d'Abou-Taleb, devint gendre de Mahomet, en épousant une de ses filles nommée Fatima. Il mourut, poignardé par un fanatique, après avoir succédé à Othman pour le kalifat.

(16) Le samiel est un vent d'Asie, venant du côté de la Perse. Il est aussi terrible que le simoun d'Afrique. Les Arabes prétendent le reconnaître à l'odeur de soufre qu'il répand ; il ruine les plantes que les rayons du soleil n'ont pas entièrement desséchées ; non moins cruel pour les hommes et les animaux, il asphyxie tous ceux qui ne savent pas se précautionner contre ses funestes effets et recouvre de sable leur corps inanimé.

(17) L'islamisme ou l'islam est la religion musulmane dont Mahomet fils d'Abdallah, est le chef.

(18) Les Corzha formaient une tribu dans le Nedjed. Vaincus par Mahomet, ils embrassèrent l'islamisme.

(19) Le fils de Mahi-Edin, est Abd-el-Kader. — Allah (dieu) le clément, le miséricordieux.

(20) Abdallah fut le père de Mahomet (le glorifié). Un moine arabe chrétien, nommé par les arabes Bahira, frappé, dit-on, de l'extérieur de Mahomet, sut lire dans sa physionomie ses destinées futures et découvrit en lui le *seau de la prophétie*. Il était de taille moyenne, son corps bien formé et robuste, il avait les yeux et les cheveux noirs, le nez aquilin, les joues unies et colorées, les dents blanches, mais un peu écartées ; il avait l'habitude de se colorer les ongles avec le henna et de mettre du collyre sur ses paupières, il aimait à se mirer dans un miroir ou dans un vase rempli d'eau, pour ajuster son turban. Il disait : ce que j'aime le plus au monde, ce sont mes femmes et les parfums ; mais ce qui me réconforte l'âme, c'est la prière.

(21) Suivant lui , *Hisraful* était l'ange de la résurrection ; *Gabriel* ou l'esprit saint, *Azariel* ou l'ange de la mort.

(22) Il ne faut pas confondre le borax avec la chamelle préférée du prophète, appelée Coswa , et sa mule blanche nommée Doldol. Le Borax , d'après les docteurs musulmaus , fut cet animal mystérieux, sur les flancs duquel Mahomet fit une ascension merveilleuse à travers les sept cieux et qui le conduisit jusqu'en la présence du Très-Haut ; mais ce fameux voyage est considéré comme un simple rêve ou une vision.

(23) Mahomet, ponrsuivi par les Koreichites , tribu principale de la Mecque et de tout l'Hedjaz, prit la fuite , en 622 , avec son beau-père Abou-Bekr ; se voyant près d'être atteints , i's se réfugièrent dans une grotte du mont Thour. Les Koreichites se disposaient à y pénétrer lorsqu'ils s'aperçurent qu'à l'entrée de la caverne une colombe avait déposé ses œufs et qu'une araignée avait tendu sa toile : ils en conclurent que personne n'avait pu récemment entrer dans la grotte, et s'éloignèrent.

(24) Mahomet donna le nom de géant au soleil auquel il fit rebrousser chemin , afin qu'Ali , son cousin et son gendre , pût s'acquitter de sa prière de l'après-midi qu'il avait manquée, parce qu'il n'avait pas voulu réveiller le prophète , endormi sur ses genoux. — La légende arabe dit aussi qu'il fendit l'astre de la nuit (la lune), en deux, d'un coup de glaive, à la vue d'une foule étonnée.

(25) La piété musulmane entoure le berceau de Mahomet de prestiges miraculeux et de phénomènes surnaturels. Selon ses récits , le monde entier s'émut lorsqu'il naquit. Le palais de Cosroès à Ctésiphond s'ébranla , quatorze de ses tours s'écroulèrent ; le feu sacré des pyrées s'éteignit , malgré la surveillance incessante des mages, le lac de Sawa se dessécha ; le grand Moubed ou grand-prêtre des Perses rêva l'envahissement du royaume de Cosroès par des chameaux et des chevaux arabes.

(26) Mahomet disait : Je suis né sous le règne du roi juste, Hesra-Anouchirvan, ou Cosroès le grand. La sixième année de l'Hégire (sa fuite à Médine), le prophète envoya un ambassadeur au roi de Perse

pour l'engager à embrasser l'islamisme. Le roi des rois déchira la lettre de Mahomet ; celui-ci, l'ayant appris, s'écria : « Qu'Allah (dieu) mette en pièces son empire !... Cette malédiction ne se réalisa que dans la dix-huitième année de l'hégire, sous le kalifat d'Omar.

(27) L'Yémen, province au sud de l'Hedjas, répond à la partie de l'Arabie Méridionale, qui a reçu le nom d'Heureuse. L'air y est toujours pur et embaumé par les corpuscules qui s'échappent des végétaux odorants.

(28) Le coran ou livre par excellence, code civil et religieux des Musulmans. Ce fut Abou-Bekr qui rassembla le premier les versets du coran. Les Arabes prétendent qu'il est tombé du ciel feuille par feuille.

(29) Osmanlis se dit pour les membres de la dynastie Turque qui règne encore aujourd'hui à Constantinople et qui fut fondée par Os-man Ier, en l'an 1304.

(30) Hosaïr (ou Esdras) souverain pontife du peuple juif, dans le cinquième siècle avant J.-C., pendant la captivité de Babylone.

(31) Hyérosolima (Jérusalem).

(32) Si Mahomet accuse Hosaïr de blasphème, c'est que ce pontife des Juifs, passant un jour près des ruines d'Hyérosolima (Jérusalem) détruite par Nabuchodonosor, douta des prophéties qui en assuraient la reconstruction. Allah, disent les Musulmans, fit mourir cet homme pendant cent ans, après lesquels il revêtit de chair les os de l'incrédule Hosaïr. Celui-ci, convaincu par un tel prodige, s'écria : « Je reconnais que Dieu est tout-puissant et que les prophètes parlent par sa bouche. »

(33) Les coupables sont conduits vers le pont Al-Sirat, plus étroit qu'un cheveu, plus effilé que le tranchant d'une épée et tombent dans l'enfer, où les moins criminels ont aux pieds des souliers de feu qui font bouillir leur crâne comme des chaudières.

(34) Abd-el-Motaleb, aïeul de Mahomet, se voyant père de dix-huit

enfants, se crut engagé par un vœu imprudent, d'immoler un de ses fils, en 569, devant les idôles de la kaaba. Le sort désigna Abdallah ; mais au moment du sacrifice, la devineresse Arrafa déclara la vie d'Abdallah rachetable au moyen de la dia (prix du sang humain) ; la dia était de dix chameaux.

(35) Seïla, fille de Jephté.

(36) Zélis, épouse aimée de l'émir Abd-el-Kader.

(37) Les Arabes nomment Jésus-Christ Haïssa.

(38) De Jérémie.

(39) De Jérémie.

(40) Ephraïm, forêt au-delà du Jourdain, près de laquelle Absalon livra bataille aux troupes de David.

(41) De Jérémie.

(42) L'Arabe prétend que la plus belle race de ses chevaux vient des écuries du grand Salomon.

(43) Alkendi, jeune Arabe qui a suivi l'émir Abd-el-Kader dans son exil.

UNE JOURNÉE AUX EAUX D'USSAT.

EPITRE A UNE AMIE.

Irma, t'en souvient-il, quand le soir nous causions,
Quand le jour s'effaçait et glissait sur les monts ?
Le temps alors pour nous s'écoulait trop rapide :
Il fuyait... Il fuyait... Tel un ruisseau limpide,
Sortant silencieux des profondeurs du val,
Roule son onde pure et ses flots de cristal.....
Réflexion rêveuse et toujours même histoire :
Bosquets... ruisseaux... pardon, il me vient en mémoire

Qu'un jour, avec chaleur, tu dis : « J'aime les vers ;
» Choisissez, chère amie, en des sujets divers ;
» Car je sens, je saisis, avec art je déclame,
» S'il est un point obscur, je le couvre de blâme ;
» D'émotion souvent je tremble, je frémis,
» Sur la mort d'un héros je médite et gémis ;
» Je froisse, je maudis les strophes languissantes
» Et les livre en pâture aux flammes dévorantes ;
» Je...... » Mais en vérité, c'était charmant, divin,
Pour lutter avec toi, je chercherais en vain.
Ton œil vif et brillant, le feu de tes pensées
Aurait mis le Gibel en des têtes glacées.
Mais tu ne dis plus rien... plus rien, pas même un mot.
Tu revenais de Sparte où tout disait : c'est trop...
J'en viens à ma promesse, et si tu veux des rimes,
De mes coups meurtriers elles seront victimes.
Allons, c'est entendu... La césure à mon choix.....
Couper, heurter, omettre, ainsi que les Chinois.
Voudrais-tu du saphique (1) ou bien de l'hexamètre (2)?
Encor choisirais-tu l'incomplet pentamètre (3) ?.....

(1) Vers grec de onze syllabes.
(2) Vers grec ou latin de six syllabes. Ce fut Thalès, originaire de la Phénicie et fondateur de l'école Ionienne, qui s'en servit le premier.
(3) Vers composé de cinq pieds, employé dans la littérature ancienne ; l'invention en est attribuée à Gallinus d'Ephèse.

— Point, point de tout ceci, c'est bon pour le Latin ;
Bien loin des pics d'Andorre est le mont Aventin...
Celui-ci, tu le sais, touchait au Janicule.
Chut !... paix... c'est pédantesque et par trop ridicule.

. . . .

. . . .

Muses, parlez pour moi, car en ce sot logis,
Je suis prise d'un flegme, hélas ! dont je rougis.
Descendez, s'il se peut, de votre double cime :
Par vous, incontinent, l'on est illustrissime.

. . . .

. . . .

Ussat, charmant Ussat, pays inspirateur !.....
Inspirateur d'ennui... la mort du visiteur ! ....
Pour toi j'invoquerai les nymphes d'Aonie,
Vierges du Piérus, sœurs du divin génie...

. . . .

. . . .

Je me plains, mais pourquoi ? Des grottes, des baudets,
Un pieux ermitage et de friguants bidets ;
Des crétins, des lépreux, une roche profonde.....
Si je suis dans le faux, que le ciel me confonde !
On y voit tout cela et même j'oubliais
Un superbe Prater où l'on trouve le frais.

Il m'apparaît d'ici comme une verte touffe :
Perspective aérée... Ah ! quant à moi, j'étouffe ;
Simon... maître Simon, accourez, s'il vous plaît.
— Mesdames, me voici, quel est votre souhait ?.....
Nous mourons de chaleur... mettez bât à mon âne.
C'est mon avis, à moi... Cela vous va-t-il, Jeanne ?
Il est d'usage aux Eaux d'avoir son franc-parler,
De piquer sa monture et puis de détaler.....
Ne vous déplaise... Allons, trève à nos préambules,
Chemin faisant, l'on tient ses conciliabules.....

.   .   .   .

, ...

Avance ici, grison, doux et cher animal,
Toi sur qui les méchants ont versé tant de mal.
Ah ! quand Ajax (1) vivait, bien autre était ta gloire.
C'en est fait, loin... bien loin, remonte cette histoire.

.   .   .   .

.   .   .   .

Vite, vite partons..... sur ces chemins poudreux
Nous pourrons égayer nos goûts aventureux...

(1) Homère a comparé Ajax, fils de Télamon, accablé de traits dans
la mêlée, à un âne ravageant un blé vert, assailli à coups de cailloux,
par les petits garçons du village.

Au pas , te dis-je, au pas mon benin bucéphale ,
Modère tes élans , ton ardeur triomphale ;
Sur ces monts escarpés jette donc tes regards ;
A tes pieds délicats tu dois quelques égards ;
Il te faudra gravir... gravir jusques au faîte...
Fi ! de mon idiôme... il croit que je l'arrête...
Il se pose tout court... — Est-ce ici qu'on les tond ?
— Non , c'est pour préluder... pour chanter sur le pont ,
Dit un passant... sur l'heure et pour se faire entendre ;
Tacitement jaloux de nous faire comprendre,
A nous , gens de Paris , leur talent musical ,
Ils entonnent en *sol* un concerto vocal.....
Mon coursier, *Castillan* , nous ravit , nous subjugue :
Quelle gamme admirable !..... il renverse une fugue.....
Solo... duo... trio... savant spropositi (1).
Dolce pour ce motif... forte pour ce tutti (2).....
Pour la note ils avaient, dit-on, bonne cervelle ;
Mais loin de crier : *bis* à l'ordre les rappelle ,
Très-vigoureusement , sire Martin-Bâton ;
Trève... trève au respect... Pourquoi le semi-ton ?...
Ils sont encore là ?... Quoi , partir sans la volte ,
En arrière... en avant... reprise et vire-volte (3) ,

(1) Expression italienne , signifiant à propos.
(2) Idem. . . . . ensemble.
(3) Tour et retour fait avec vitesse (terme de manége).

3

Castillan saute , brait , rue et puis il fend l'air ;

Fait tournoyer sa queue et part comme l'éclair.

Il franchit à pieds joints fossés , mottes de paille ,

Entraîne force objets , branches , bois sec , broussaille...

C'est effrayant , Irma , le vertige où tournis

L'emporte vers le pôle... et mon bras indécis

Ne gouverne plus rien... Maître Simon , de grâce ,

Venez me retirer de ma cruelle impasse.

Mon voile est en lambeaux... mes rubans... Ciel.. je meurs..

La ronce à mon visage... Oh ! les sots conducteurs!

A rester sans secours , je me vois condamnée ;

Je te livre à l'enfer , race indisciplinée.

Te voilà donc enfin !... Où sommes-nous , Simon ?

— Vous le voyez , madame , en un champ de chardon...

Cet homme a de l'esprit , par lui le fait s'explique.

Où sommes-nous , te dis-je , et pas d'autre réplique.

— J'obéis... Nous touchons aux antres de Niaux.

Recouvrez vos bras-nus , rattachez vos manteaux.

Ne craignez rien... entrez... j'allume vos résines ,

Et nous voilà soudain aux grottes sarrasines. (1)...

(1) Les grottes d'Ussat furent le refuge d'une armée de Sarrasins ,
lorsque Charlemagne guerroyait sur les confins de l'Aquitaine.

Dieu !... quel froid saisissant , mon front en est glacé.
Le démon du Ténare ici n'est point passé.
Mon pied heurte... je glisse... et partout des obstacles ;
Quel solennel repos !... quels sublimes spectacles !...
Il n'est point de beauté comparable à ces lieux,
Dont la voûte s'élance en cintre audacieux.
C'est colossal , immense, et mon œil dans l'espace,
Pour tout voir, tout saisir et s'efforce et se lasse:
Il n'est partout que nacre , et cristal et saphir;
On ne peut qu'admirer, s'incliner et pâlir.....
Nous glissons sur le gypse , aux textures brillantes ,
Et ce beau stalactite , en lames transparentes ,
Reproduit des rayons , des prismes par milliers.....
Tout est capricieux... des pans irréguliers ,
Un pilastre abattu , des lustres , des colonnes,
Du schiste , du calcaire et de blanches madones ,
De gigantesques blocs , des os pétrifiés ,
Et des débris épars , noircis , scorifiés.....
Ici des chapiteaux , de figure gothique ,
Etalent leurs contours de forme symbolique..,..
C'est l'invisible main , c'est le ciseau du temps ,
C'est le grand formateur des rocs, des océans

Qui sculpta ces frontons... Le divin architecte
D'ineffaçables traits marqua la terre abjecte.....
Oui, l'on te voit partout !... Je t'adore, Seigneur !
Tout ceci n'est qu'une ombre, et plus haut ta splendeur !
Qui te contemplera !... Dieu ! notre Providence !

. . . .

. . . .

. . . . , ...

. . . .

— Avez-vous assez vu, mesdames ? Par prudence,
Revenons sur nos pas, nous dit tout affairé,
Sans modérer sa voix, notre homme peu lettré.
— Tu presses trop, Simon, tu suspends mon extase,
Faudrait-il donc sitôt retourner à la case ?
— Le soleil, j'en suis sûr, est après son coucher.
On sonnera sans vous... Voulez-vous chevaucher ?
— Marche... nous te suivons..... tiens ta résine droite,
Sans cela nous tombons dans cette gorge étroite.
Ralentissez le pas... le sol et tout fangeux.....
Doucement... doucement... Ce lac marécageux
Est placé tout exprès comme un piége funeste,
Marchez vite... passons... il croupit, il empeste.
Quel sinueux Méandre, avec tours et détours,
Brave Simon ! sans toi, sans ton sage concours,

C'en serait fait de nous... Enfin de son haleine
Le zéphyr nous caresse et la voûte est sereine,
Respirons un moment... remercions le ciel ;
Nous sommes sain et sauf , c'est là l'essentiel.

Plaine déserte ,
Alerte , alerte ,
Car il fait nuit ,
L'étoile luit.

—

Sans nulle plainte ,
Sans nulle crainte ,
Prenons tantôt
Le trot , le trot.

—

Amis , courage ,
J'entends l'orage.....

Holà !... holà !
Nous y voilà.

Tant pis pour les absents... On sait qu'à table d'hôte ,

Qu'on soit tante , cousin , ami , compatriote,

Pour chercher où l'on est on ne s'informe point ,

Qu'importe !.., tôt ou tard , toujours on se rejoint.

Aurait-on commencé ?... — C'est un banquet de noce ,

Notre chef apprêteur est adroit et véloce ;

Voyez quelle élégance ; oh ! comme il nous sert bien ;

Sa pose , son langage est d'un vrai praticien.

Tapioca Brésil , consommé , bon potage ;

« Point de mouches à jeun se sauvant à la nage. »

Truite à la génevoise , à la Saint-Florentin ,

Compote à la Molière , à la Bénédictin ;

Chipolata truffé d'origine italienne ,

Délicieux pâtés , dits à la parisienne.

Une poule au gros dos des bords Brama-Poutra.

Un lièvre , m'a-t-on dit , pris dans le Sahara ;

Comment ?... c'est un désert... La plaine sablonneuse

Aurait-elle nourri la tribu belliqueuse

Qu'on vit près d'un étang (1)... L'oiseau de Calicut

Etale au beau milieu son riche et gras tribut.

---

(1) On se souvient de la fable : *Le lièvre et les grenouilles* (La Fontaine , livre II.)

Aucun gourmet n'en veut... La chair n'en est pas fine ,

Plus tôt a disparu la crème à la Dauphine.

Ce que choisit Elise (1) est le lait et le miel ,

Pour elle on éleva ce dôme artificiel ;

Et la douce perdrix à jambe d'écarlate (2) ,

La laissez-vous pour Fox , société délicate ?

Enfin , pour éviter maint et maint quolibet ,

Après avoir dit : non , je goûte au paquaret ,

Le bon marquis d'Uston et sa chère compagne

Nous offrent poliment ce présent de l'Espagne.

. . . .

. . . . ; . . . . .

Mais , serait-ce une erreur , tout change en un clin d'œil :

Bécasses , ortolans , parfumés au cerfeuil ,

Ont fait place à des fruits posés en pyramides ,

Aux pommes qu'Eurysthé (3) ravit aux Hespérides ;

Hélas ! malgré l'éclat de cet art enchanté ,

Personne dans ces lieux n'aspire à la beauté ;

(1) Elise est prise ici pour dame en général.

(2) Les ragoûts fins , dont le jus pique et flatte ,
    Et la perdrix à jambe d'écarlate (Delille).

(3) Eurysthé fit enlever par Hercule la pomme d'or du jardin des Hespérides. Cette pomme d'or fut mise sur la table des dieux pour être adjugée à la beauté.

Nul regard... nulle main téméraire ou profane ,
Ne s'avance... où seraient les Vénus , les Diane ?

. . . .

Levons-nous... *gratias*. Qu'aurait fait Charles Six (1) ,
Qui voulait deux plats seuls ? j'ai compté trois fois dix.
Ne craignons rien ; le temps et la tombe royale
Placèrent entre nous un fort long intervalle.
Pauvre prince ! Il n'est plus ! Mes chers amis , bon soir .
Charmant repos , rêves dorés , jusqu'au revoir.

(1) Charles VI , d'après un ancien historien, condamnait à une amende tout citoyen qui osait mettre sur sa table plus de deux plats après le potage ; mais une telle loi ressemblait à de la démence.

Toulouse . Imprimerie Troyes Ouvriers Réunis .